兔老大

本名：兔吉訶德‧勞蔔諾‧大耳蒂訥‧
毛迪南‧茸茸蘿特‧聖飛比亞

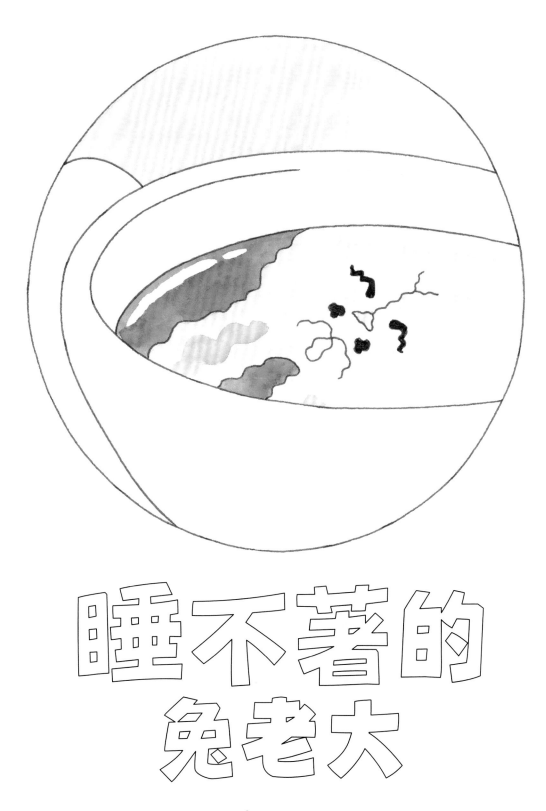

睡不著的
兔老大

Q-rais 著　許婷婷 譯

翹翹的小鬍子，再加上帥氣的領結，
他是小兔子們的老大哥 —— 兔老大。
今天，他用老大哥專用的大杯子喝咖啡，好香喔。

但是，喝了太多咖啡，
就算躺在床上，還是翻來覆去睡不著。

兔_{ㄊㄨˋ}老_{ㄌㄠˇ}大_{ㄉㄚˋ}還_{ㄏㄞˊ}試_{ㄕˋ}了_{ㄌㄜ˙}鋪_{ㄆㄨ}被_{ㄅㄟˋ}子_{ㄗ˙}睡_{ㄕㄨㄟˋ}

在_{ㄗㄞˋ}沙_{ㄕㄚ}發_{ㄈㄚ}上_{ㄕㄤˋ}睡_{ㄕㄨㄟˋ}

在_{ㄗㄞˋ}桌_{ㄓㄨㄛ}下_{ㄒㄧㄚˋ}睡_{ㄕㄨㄟˋ}

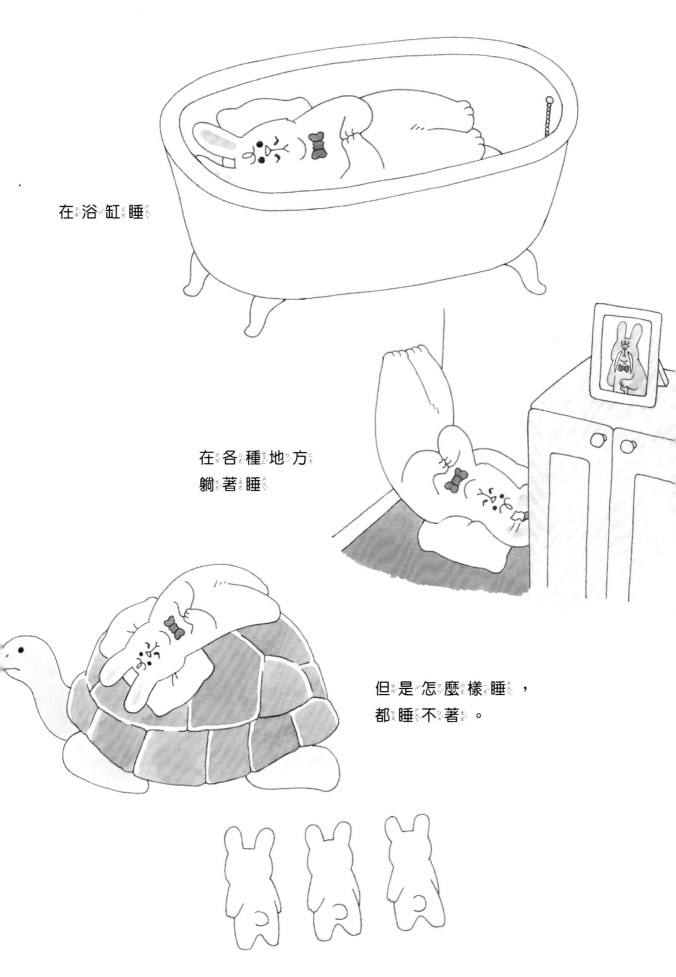

在浴缸睡

在各種地方
躺著睡

但是怎麼樣睡，
都睡不著。

看到這樣的兔老大，
三隻小兔子便想為兔老大做些事。

鑽鑽、咚咚，組裝木頭一番。

他們組好了一個
可以搖來搖去的搖搖床。
只要有這個床，
兔老大應該可以睡得很香。

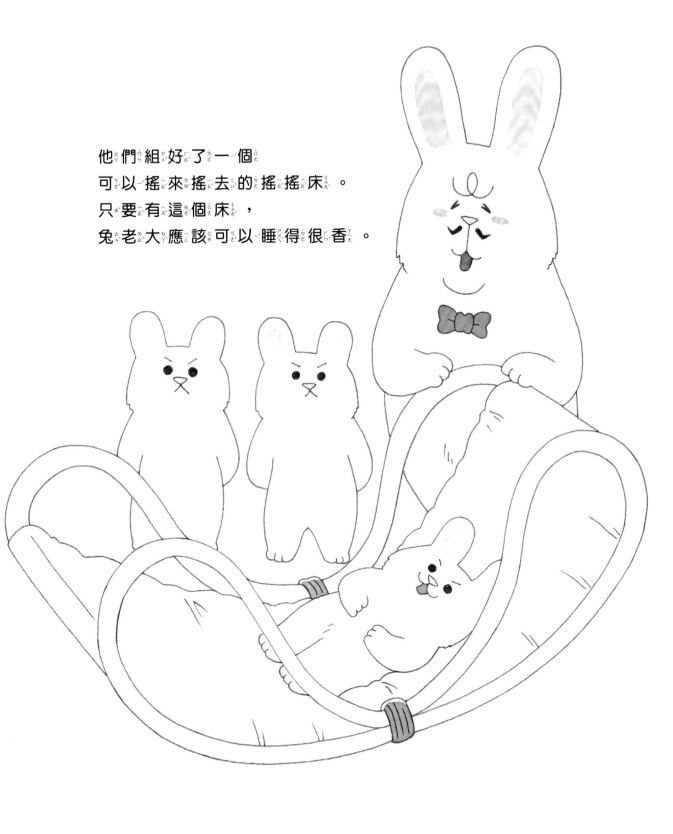

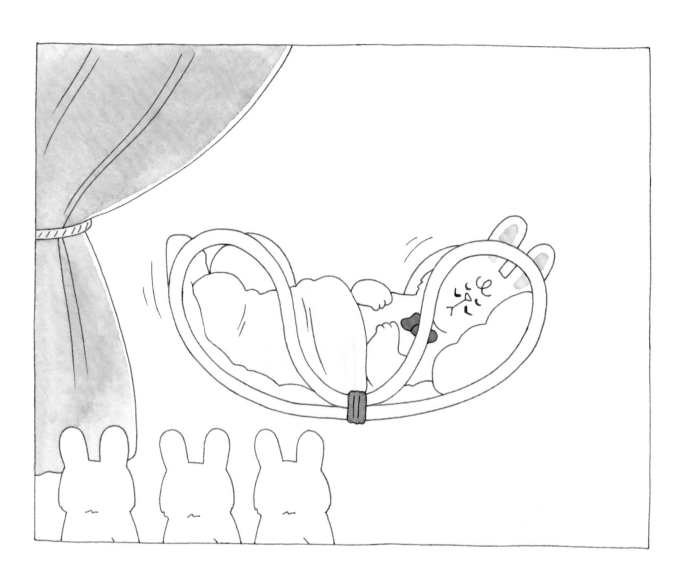

搖啊搖，搖到外婆橋，感覺好舒服喔。
小兔子為自己的成功感到開心不已。

但是，搖搖床越搖越大力，
小兔子們有一點擔心了。

晃ㄏㄨㄤˇ啊ㄚ晃ㄏㄨㄤˇ，盪ㄉㄤˋ呀ㄧㄚ盪ㄉㄤˋ
小ㄒㄧㄠˇ兔ㄊㄨˋ子ㄗ˙們ㄇㄣ˙擔ㄉㄢ心ㄒㄧㄣ極ㄐㄧˊ了ㄌㄜ˙。

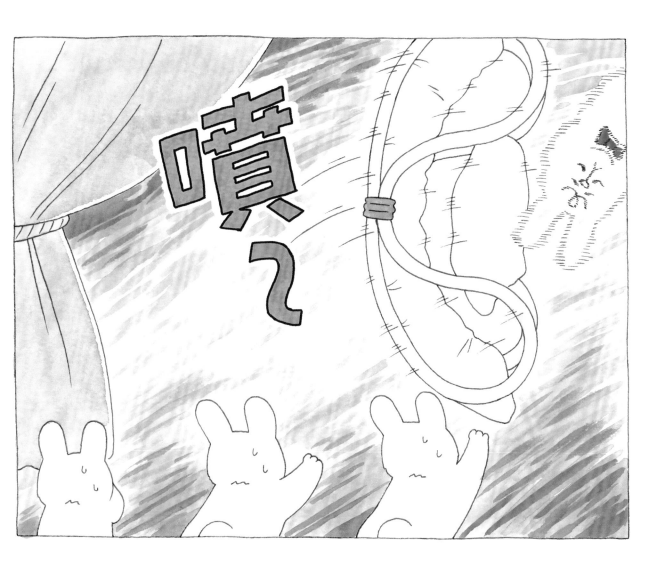

「兔老大，你還好嗎？」
「嗯，我還好。」
小兔子齊心協力救出兔老大。

「兔老大，接下來你一定可以睡著的。」
「加油！」
「嗯，我會努力的。」

於是，小兔子們開了作戰會議。
大家決議採納小布的點子，以雲朵做一張床。

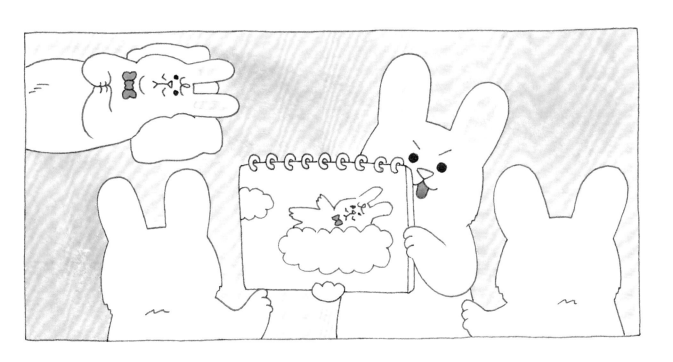

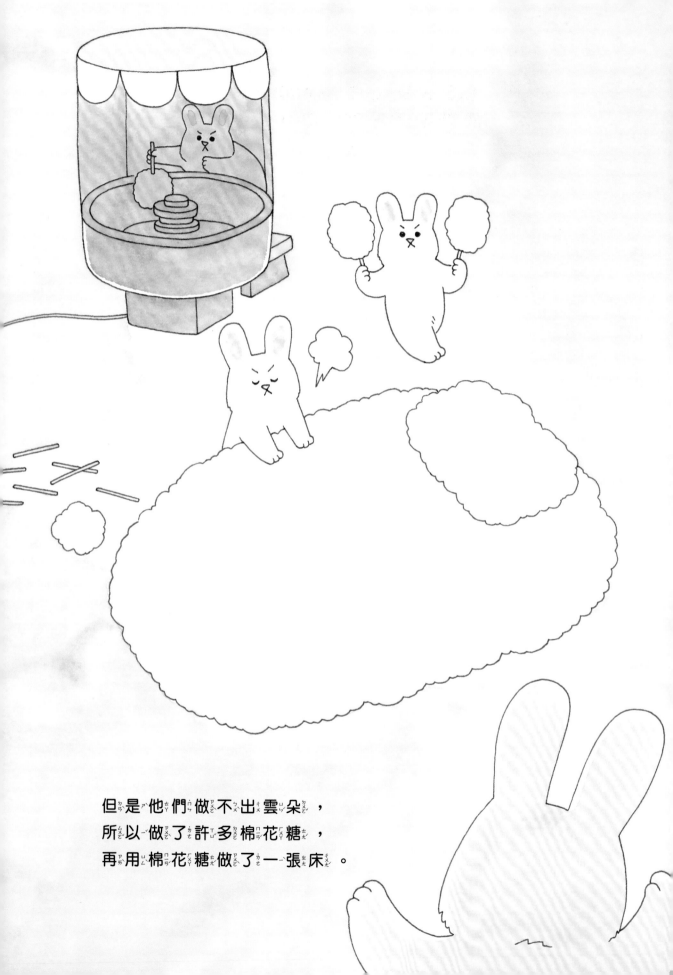

但是他們做不出雲朵，
所以做了許多棉花糖，
再用棉花糖做了一張床。

兔老大連忙在床上躺平，
感覺輕輕、軟軟的，好舒服喔。

但因為是棉花糖做的，
所以棉花糖黏滋滋的黏在毛上面，
結果反而睡不著。

小兔子幫忙用水沖掉兔老大身上的棉花糖，然後說：
「兔老大，我們接下來在戶外睡睡看吧！」
「下次一定會睡得很甜的。」

兔老大好不容易振作起精神說：
「好，我會繼續努力的。」

於是，兔老大便在草原上躺平。
夜空中繁星點點，
小草刺刺癢癢的，好舒服喔。

嗡 —— 嗡 —— 嗡 ——
但是，草原上有很多蚊子，
怎麼睡也睡不了。

「兔老大，我們還是放棄在草原睡吧！」
「嗯，我也是這樣想。還有，我實在好癢喔！」

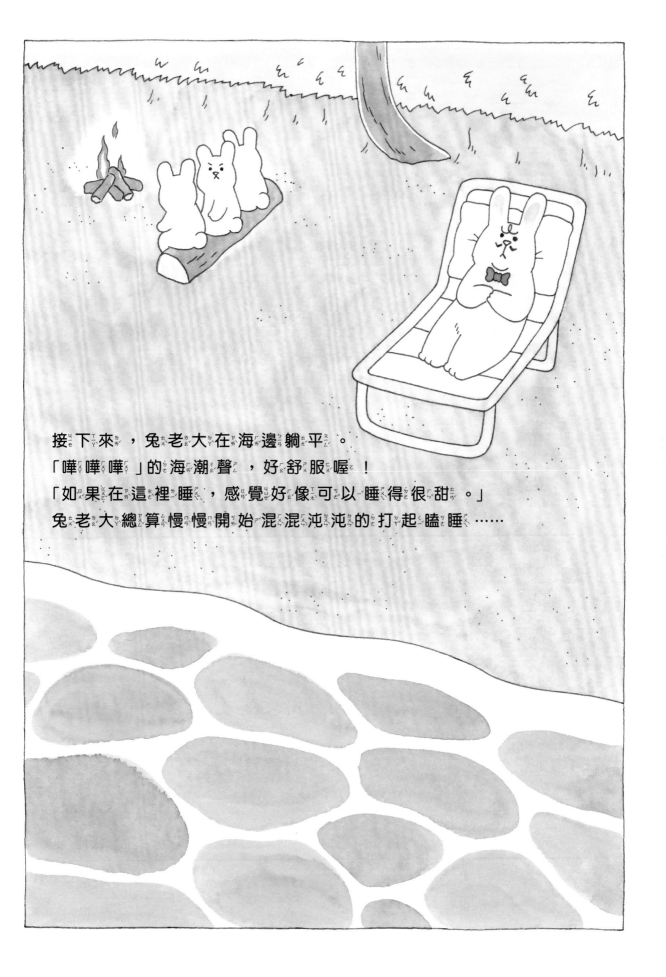

接下來，兔老大在海邊躺平。
「嘩嘩嘩」的海潮聲，好舒服喔！
「如果在這裡睡，感覺好像可以睡得很甜。」
兔老大總算慢慢開始混混沌沌的打起瞌睡……

扭ㄋ一ㄡˇ呀ㄧㄚ扭ㄋ一ㄡˇ，繞ㄖ一ㄠˋ啊ㄚˋ繞ㄖ一ㄠˋ，
繞ㄖ一ㄠˋ啊ㄚˋ繞ㄖ一ㄠˋ，扭ㄋ一ㄡˇ呀ㄧㄚ扭ㄋ一ㄡˇ！

兔老大被大章魚怪一把抓走了！
「兔老大，你還好嗎？」
「大章魚怪，請快放開兔老大！」

好不容易說服大章魚怪
歸還兔老大，
但兔老大的身體
因為章魚墨汁，
變得烏漆麻黑的。

「兔老大？」
「是兔老大嗎？」
「其實你不是兔老大？」
小兔子們有點擔心了。

小兔子膽戰心驚的試問道：
「兔老大，你還願意繼續努力嗎？」

「嗯，雖然我渾身烏溜溜的，但我要試試看！」
「哇，太棒了！果然是我們的兔老大！」

於是ㄕˋ，他ㄊㄚ們ㄇㄣ˙來ㄌㄞˊ到ㄉㄠˋ了ㄌㄜ˙
位ㄨㄟˋ於ㄩˊ沙ㄕㄚ漠ㄇㄛˋ的ㄉㄜ˙大ㄉㄚˋ金ㄐㄧㄣ字ㄗˋ塔ㄊㄚˇ。

金字塔裡清清涼涼的，非常幽靜。

如果是這裡的話，應該可以睡得又香又甜吧。
「兔老大，這次我們總算做對了！」
「晚安，兔老大。」
「嗯，謝謝各位，我要睡了。」

此時，睜開眼醒來的卻是好久好久以前的兔子木乃伊。
「你們幾個給我安靜一下！」

小兔子抬著差一點被製作成木乃伊的兔老大，
從金字塔逃了出來。

回到家時，兔老大和小兔子們都累到筋疲力盡、睏到昏昏欲睡。

然後，一躺到兔老大的床，
所有人就這樣沉沉睡去。
兔老大、小巴、小皮、小布，大家晚安！